우리 집에 놀러 와

시인의일요일시집 **034**

우리 집에 놀러 와

초판 1쇄 펴냄 2025년 5월 12일

지 은 이 박설희
펴 낸 이 김경희
펴 낸 곳 시인의일요일

표지·본문디자인 이율디자인
경영지원 양정열

출판등록 제2021-000085호
주   소 경기도 용인시 기흥구 연원로42번길 2
전   화 031-890-2004
팩   스 031-890-2005
전자우편 sundaypoet@naver.com
블 로 그 https://blog.naver.com/sundaypoet

ISBN 979-11-92732-26-8(03810)

값 12,000원

우리 집에 놀러 와

박설희 시집

한 생명이 가고
한 생명이 왔다

침묵 속에서
사뿐사뿐 다가오는
심장을 두근대며 다가오는
기척들

마음이 간절해지는 곳들에

차 례

1부

2부

3부

4부

1부

다 되어 가

빨리 죽지 않는다고 화를 낼 때
조금만 기다려, 다 되어 가
6일을 굶은 그에게서 나온 말

조금만 참아……
누구에게 하는 말일까

죽으려고 애쓰는 사람

밥이 다 되어 가듯
집이 다 되어 가듯

죽음의 완성을 향해
다 되어 가는 삶

문득 잠 깬 새벽
귀에 들리는
다 되어 가

컵, 지워지는

누군가의 흔적을 또 다른 누군가는 열심히 지우기 마련

나는 오늘 관광지에서 식당을 하는 친척집에 가서 오백여 개의 컵을 씻었다 수많은 입술과 지문을 지우고 나자 나는 완전 범죄 전문가가 된 듯했다 입술에 갇혔던 숱한 소리들이 쏟아져 나와 내 손가락에 매달렸다

오늘을 기념하고 싶어 참 멋지지 않니? 이 순간 종지부를 찍고 싶다 너와 나의 관계, 이 생에…… 이런 좋은 곳도 있었구나 더 좋은 곳이 얼마나 많은데요 천국도 있고 맛있는 더덕구이야 좀 먹어보렴 이렇게 자근자근 짓이겨야 맛있어지는 음식도 있네요

손가락이 무겁고 뻣뻣해지며 주름이 생겼다 그 주름을 달고 철원에서 수원까지 달렸다 겹쳐진 길들이 펴지는 동안 손가락에 생긴 주름이 펴지며 비로소 경적소리가 귀에 들어왔다 *세상에 그 많은 컵을 누가* 그런데 자꾸만 먹먹해지며 말소리들이 흐트러졌다 손가락 끝이 가려웠다 누군가 내 입술과 지문을 지우고 있었다

진창의 노래

발걸음을 뗄 수가 없다
딛는 곳마다 진창이다
어디가 진창인지 정확히 아는 것처럼

어제는 자매간에 설화舌禍를 부르고
오늘은 풀려던 실타래가 더욱 꼬이고
내일은 삐끗해서 드러눕게 될지도

제 등에 불을 짊어지고
푸른 초원을 동경한 사자 이야기처럼

진창은 내 속에서 끊임없이 흘러나오는 게 아닐까

까마귀가 까마귀의 꿈을 꾸는 것처럼
진창은 진창의 꿈을 꾸겠지

오늘은 진창 속에서 새의 깃털을 건졌다
어제는 얇디얇은 흰 꽃잎을

내일은 눈이 흩날릴지도 모르겠다

구름도 바람도
진창에서 나온 것

탁하게 젖은 하루
털고 말리고

조금은 말개진 표정으로
허밍허밍

눈

나는 꿈꾼다
눈의 혁명을
흩날리는 것만으로도
쌓이는 것만으로도
시작되는 혁명

공기의 아기 구름의 아기들이
쥐똥나무, 쓰레기 더미, 유모차, 어디에나 가리지 않고
내린다는 행위에만 집중하게 만드는 비현실성
소리들을 흡수하며

그것은 온다
버려진 사람에게도, 악의로 가득 찬 이에게도
차갑고 가볍고 부드러운 것
날린다 몰아친다 흩뿌린다 퍼붓는다

눈은 늘 첫눈
마음속 마을에도 눈이 쌓여

보이지 않던 마을이 드러난다
무장 해제된, 가시와 치명적 독
속마음까지 포근포근하게 만드는 혁명

세상을 통일하지만
영구집권하려 하지 않는다
반짝일 만큼 반짝이다
아무 미련 없이 스러질 뿐

다시 쓰고
고쳐 쓰고
또 쓰고

끝나지 않는
눈의 고요한 혁명

척도

"아들이 있어요?"
"없어요"
"그럼, 야크가 있나요?"
"한 마리도 없어요"
"에그, 불쌍한 사람"

미국 대통령 부인에게 불쌍한 사람이라고 했다는 방글라데시 사람 이야기를 하며, 오랜만에 만난 그와 나는 깔깔 웃었다

나는 아들도 야크도 없다, 하지만
방글라데시의 경제를 생각하니
아무래도 그들이 더 불쌍해 보였다

그와 헤어진 후, 미로 같은 백화점 지하 주차장에서 내 차를 찾지 못해 이리저리 헤매면서 나는 차도 있고 돈도 있고 차 열쇠도 있는데 가장 불쌍한 사람이 된 기분이 들었다, 수업 시간 이미 이십여 분 늦었는데

헐레벌떡 가는 길,
거리에는
불쌍한 사람들과
불쌍해하는 사람들이
서성거리고 있었다

구분이 되지 않았다

종種

쓸쓸함과 막막함 사이에서
오늘의 물결이 닿은 곳

짝짓기를 거부해 후손을 남기지 않았다는
땅거북, 외로운 조지
마지막 종種으로 남는다는 건 어떤 기분일까

우주탐사선 파이어니어 10호는 *우리 외에 지각 있는 존재를 만나지 못했다, 우리는 외롭다* 등의 메시지를 담은 금속판을 싣고 우주로 날아갔다

'외롭다'는 마음을 우주인은 이해할까

검은 우주 속
단 하나의 종, 지구인

긴 밥주걱처럼 생긴 부리를 물속에서 휘젓는 멸종위기종
저어새도

도무지 먹이 활동에는 적합하지 않은 부리를 가진 나도
지구의 가장자리에 정박해 있는데

오늘도 난민처럼
지구 밖을, 별들을, 우주 너머를 기웃거리다
잠이 들 것이다

완전한 어둠

움직이는 빛에 놀라
동굴 속 물방울들이 이리저리 떠다닌다

손전등을 끄자
내 몸통이 사라졌다
눈을 감으나 뜨나

어둠은 경계를 지우고

숨도 기억도
어둠으로 흘러나가
어둠으로 돌아왔다

어둠이 살았구나, 이 세계에
나는 그 일부
어둠의 근육으로 걸어다닌다

박쥐와 곰, 장미와 돌도

일회용 어둠

어둠의 심장이 나를 이끌었다
그래서 밤이 찾아오면
고향에 돌아온 듯 편안했던 것
어둠의 일부분으로 누워서
어디라도 갈 수 있었던 것

어둠으로 풀어지려는 찰나
딸깍, 손전등이 다시 켜진다
엉거주춤 몸을 일으킨다

교착膠着

조금의 틈도 없이
완벽하게 퍼즐이 끼워 맞춰졌다

꼼짝달싹할 수 없다
나뭇가지 같은 커다란 뿔이 서로 단단히 얽혔다
분리가 되지 않는다
삶이 죽음에서 분리가 되지 않듯이

먼저 한 마리가 두 무릎을 꿇었다
이겼다고 생각한 순간,
나머지 한 마리의 무릎이 푹 꺾였다
이게 뭐지? 이럴 수는 없어

적은,
볼 수 있는 건,
온통 상대의 눈동자뿐,
그 눈동자를 지나는 구름과 바람뿐

자작나무 울창한 숲 가에
수컷 두 마리가 기진맥진 쓰러져 있다

두 눈을 부릅뜬 순록 두 마리
부패의 힘만이 저 둘을 떼어놓을 수 있다

오늘의 불협화음

침묵하는 피아노를 피아노라 할 수 있을까
흰 건반과 검은 건반 사이는 멀고
이와 혀는 부동자세
낮과 밤은 너무 뜨겁고 차가워

성급한 송충이는 우화羽化를 기다리지 못하고
주워온 날개를 몸통에 갖다 붙인다
털투성이 입을 벌려 '끙끙'
침묵의 반주에 맞추어
나방인 양
꿈틀꿈틀 날개를 파닥이며

송충이가 목청껏 노래를 부른다
혼돈에 빠진 독수리는
잠깐 품었다가 굴리고
또 품었다가 굴리고
풀밭 위 돌멩이를 품고
굴리고 또 굴리고

이 계절이 어서 가기를
기다리고만 있는데
선뜻 불침번 서는
고양이 나무 풍뎅이

는개 자욱하다가
반쪽 무지개 섰다 지워지고

명령
— 70여 년 만에 발견된 유해

군화는 임무를 잊지 않았다
근육이 다 빠져나가고
몸통과 발은 전쟁을 잊었는데

군화는 자신의 본분을 잊지 않았다
꿈과 총의 모순을 지탱하던 허리가 끊어지고
허공을 노려보던 두개골이 으깨져도

이 자리를 사수하라
군화를 벗고 싶었을 것이다
달아나고 싶었을 것이다
그러나 군화는 명령을 잊지 않았다

피를 먹은 엉겅퀴는 해마다 붉고
골수 스민 가래나무 열매는 더 단단해지고
혼백도 흩어져 버렸는데

이 자리를 사수하라

명령을 내린 이
함께 전장에 배치된 이들
떠난 후에도

이 자리를 사수하라……
70여 년간 메아리치는 골짜기

군화는 고스란히 지켜냈다, '이 자리'를
부패조차 거부하고

법과 편

어린 내가 배운 거라고는
하루 열다섯 시간씩 일하면서 졸지 않는 법
높이 1.5 미터 다락방에서 허리 꺾고 일하는 법
연정도 사치, 한창 피어나는 사랑을 꺾어버리는 법

시다에서 미싱사로, 그토록 바라던 재단사까지 되었지만
오늘도 예나 다름없이 이불 속은 차갑구나*
법法이란 물이 흘러가듯 자연스럽고 당연해야 하는 것
마땅히 지켜져야 하는 것

나는 감정에는 약한 편
불쌍한 사람만 보아도 내내 우울한 편
그런 환경을 속속들이 알고 있는 편
온몸으로 느끼고 생각하고 행동하는 편

친구여, 이런 법은 어떤가
사람답게 사는 법
사랑하며 실천하는 법

밑지는 생명을 연장하려고 애쓰는** 사람들 편이 되어
뜨겁게 맥박치는
또 다른 나들과 힘찬 물살로 흐르는

* 전태일, 1967년 2월 27일 일기

** 전태일의 수기 중

향기점占

"우주와의 연결이 끊어졌네요"

종이 막대 네 개 중에
가장 마음에 드는 향기를 뽑으니
그가 내게 말해준다

순간, 진공 상태의 우주선 밖으로
내동댕이쳐진
우주인의 환영이 떠오른다

내가 뽑은 것은 흙냄새가 났다
향기를 맡는 동안
전전긍긍 불안한 마음이 사라졌다

내 속이 공허로 가득 차 있다는 걸
비애와 살충제로 뒤덮이고
핵물질이 있는 줄
어떻게 알았을까, 향기는

끈 떨어진 연처럼

눈과 입이 크게 열린 채

버둥거리며

태양계 밖으로 점점 멀어지는 지구인이 또 스쳐간다

지구에서 지구를,

흙냄새를

그리워하는

11월

나무들은 수척하고
청설모 꼬리는 풍성하다
나뭇잎 마지막 휘발하는 냄새

비장의 무기처럼 산은
야윈 폭포를 보여주고
심심해서 돌아설까 봐
제철 아닌 꽃을 피우고
안개도 풀어놓는다
길이 없다고 멈추자
바위가 제 틈새를 내어준다

청년 하나가 마주 걸어온다
배낭을 메고
제 속의 산을 넘는다
나뭇잎 다 떨구고
먼 길 떠나는 나무처럼

그가 컴컴하니 끌고 온 길을 되짚어
한 발 한 발 내려놓는다
발부리에 채인 돌멩이가 비탈을 구르다
힘이 다한 듯 멈춘다

물소리에 내 소음을 얹는다
저만치 조금 남은 햇빛을 좇아
발길을 서두른다

떡! 하니

고명을 사이사이 끼얹고
김이 새 나갈까
떡시루와 솥의 틈을 둘러막는다
뜨거워야, 비명 같은 들끓음이 있어야
떡심이 생긴다는
그 힘으로 산 자나 죽은 자 먹일 수 있다는

떡 하나 주면 안 잡아먹지
호랑이의 시장기조차도 잠시 입막음했던,
알곡의 계절을 지나 가루의 시절을 지나
이제 더이상 부서지면 안 된다는,
정말 끝장이라고 단호한 결의를 보이는,
굳으면 이도 칼도 안 들어가는

아궁이의 재는 쌓여가고
솥 밑바닥엔 온통 그을음
총칼이 난무하는 사이
김은 모락모락

시루를 엎으면 통째로 빠져나와
떡! 하니 버티고 서는
할머니가 쌓아놓은 성벽 같은
그 할머니 같은

2부

지구를 굴린다

다리와 발로 지구의 맛을 보고 있는 중이야
거칠고 딱딱한 맛

굴리고 또 굴리지

지구가 도는 건
내가 쇠똥 경단을 굴리기 때문

멈추었던 경단이
비탈을 또르르 굴러 내려가도

쫓아 내려가
다시 물구나무선다

톱날 같은 앞다리로 체중과 경단의 무게를 받치고

지구를 굴린다
절대 포기하지 않는다

겨울 들판에서

겨울 들판에 서 있는 것들
꼭 필요한 만큼만 받고
아낌없이 돌려주는 삶이
햇살에 바래가고 있다
이렇게 밑동만 남아도 좋다는 듯

더이상 할 말이 없을 땐
제 자리를 지킬 것

!!! !!! !!! !!! !!! !!! !!! !!!

배고픈 새들
틈새마다 기웃거린다

!!! ? !!! ? !!! ? !!! ? !!! ? !!! ? !!! ? !!!

빈 들녘 벼 밑동 사이를 서성이는
저 바쁜 움직임들

눈의 부족

폭설 내린 한라산 설경 위에
한계령을 위한 연가*가 내려앉는다
컴퓨터 화면을 들여다보며 나는 웃었지만

곧 한계령의 뜨거운 입술이
화인火印처럼
한라산 눈 속에 깊이 새겨질 것 같다

눈이 한라산이든 설악산이든 가리겠는가
어디에서
언제 내리든
눈은 한 부족

　자신이 어느 불구덩이로 뛰어드는지 모르는 위안부 소녀
들의 얼굴에도, 아메리칸드림을 품고 떠나는 누이들의 머리
에도, 늙은 독재자의 회한 서린 이마에도 눈은 내려앉았고

　눈물 같은 흔적을 남겼을 것이다

서로를 겨누고 있는 병사들의 등과 어깨와 총신 위에, 그
들 사이의 들과 산과 거리에, 내가 사는 곳의 전선 없는 전
장戰場에

　흩날려 쌓이고 녹아 증발하고

　돌덩이처럼 단단하게 뭉친 눈덩이가 뒤통수를 강타했고
수십 년이 지난 후에도 가끔 날아오기도 하지만

　이유 없는 증오에도
　희고 둥근 마음들이 옹크리고 있는 듯하다

* 문정희의 시

첫물

"올해 첫물이에요"
비닐봉지에 꽁꽁 싸맨
감자 몇 알과 상추를 내민다
까맣게 그을린 손등과 얼굴로

비닐봉지를 푸는데
씨를 뿌리며 흥얼거린 노랫소리 들린다
잎과 줄기가 피어나리라는 부푼 가슴,
긴 열기 견디고 스며드는 어스름이 고여 있다

울컥, 쓰나미처럼 밀려드는 첫물의 시간들

풋내나는 걸음걸이
두근거리는 심장
시디시어 입에 침이 고이는
떫고 까끌거리는
첫 입학, 첫사랑, 첫 키스, 첫 월급, 첫 출산
첫 죽음까지

첫물은 그렇게 온다
혼란 한 잎, 설렘 한 잎, 외로움 한 잎, 불안 한 잎,

우박에 찢기고 비바람에 휘청여도
한밤중에도 꺼지지 않는 별빛, 다정하게 오가는 햇발, 귓속말로 다독이는 봄비

그와 나, 올봄을 처음 맞이하는 첫물
푸른 잎맥 같은 하루하루 지으며 자라는 중인데

바보숲 명상란

농사를 짓는 시인이 알을 품고 왔다
닭이 알을 품듯 고이
그는 칠백여 마리의 닭을 키우고
헤아릴 수 없는 잎과 열매를 맺는다

그가 키우는
그를 키우는
머리 위를 날아다니는 자유롭고 튼실한 닭들
마음 내키는 곳곳에 낳아 품는 알들

어미 닭은
새소리에 귀기울이다
저물녘 바람을 등에 업거나
노을을 지켜보거나

여강 물굽이를 돌돌 돌아가는 물소리
강변 풀들 흐느적이는 소리
멀리서 들려오는 기적소리

그 품속에서
온몸을 쫑긋 세운다
소리들은 눈과 부리, 깃털이 되고

딱딱한 껍질을 깨고 나온
어린 닭은 어질고 순하게 자라
자신의 알을 품고

갓 낳은 알 역시
껍질 속에서 명상하는 법을 배울 것이다

물속의 사생활

도시의 불빛이 새벽까지 출렁거리지만
온몸으로 스며드는 신경안정제
한강에 사는 물고기는
불면증이 없다

강물 카페에서
언제든 카페인은 충분하다
뻐끔뻐끔
니코틴 맛을 즐기기도
오, 이곳은 즐거워

등 굽고
비늘이 흐물거려도
당뇨 걱정 없다
물에 당뇨약이 흠뻑 녹아 있다

점점 사람을 닮아가
꼬리지느러미를 물어뜯는 난폭한 자들이 늘어간다

까닭 모를 불안에 사로잡힐 때
흰 물풀에 주둥이를 비비면 기분이 좋아진다
중독된 물고기가 늘어나고 있다는 소문

강물이 반짝이는 건
별처럼, 해처럼
그 속에 겨우 살아 숨쉬는
작은 생명들 때문에

문어

문어가 먹고 싶구나
문어는 죄가 없다

문어도 먹고 싶은 것이 많았을 것이다
그래서 다리에 저 많은 입들을 매달았을 것

문어가 심해 바닥에서 몸을 일으키기까지 걸린 시간
몸집을 키우고 머리를 부풀리기까지
먹물을 채우고 그걸로 자신을 보호하기까지

문어가 먹고 싶다는 그녀를 생각하며
문어의 저녁을 생각한다

문어는 단단한 껍질 속 몽글몽글한 것들을 먹는다
저처럼 죄 없는 것들을

때로 장난도 필요한 것
물고기 떼에 활개를 쫙 펴고 다가가는 문어처럼

춤추듯
그녀는 너무 진지하게 살았다

머리로도 다리로도 생각하는 문어
오랜 시간이 지나면
숲으로 간 문어도 생길 것이다

뜨거워지자 다리를 들어올려 머리를 감싼다
익어가는 문어를 지켜보며
내 눈이 익어간다

아로니아밭

기록적인 폭염 중에도 수차례 낫질하고 예초기 돌리고
수확하러 갔는데

헐레벌떡 뒤늦게 핀 꽃 몇 송이
자그마한 새둥주리 대여섯 개,
발 디딜 때마다 튀어 오르는 방아깨비, 여치, 풀무치
사방에서 들려오는 풀벌레 소리

아로니아가 딴마음을 먹었나 보다
초여름 개망초꽃들과 질펀하게 놀 때부터 알아봤어야 했
는데
개양귀비와 함께 하늘하늘 춤추고 있다
박주가리 환삼덩굴 지탱해주는 등뼈가 되어 있다
든든한 버팀목이 필요했는지 느티나무 뽕나무를 세 그루
나 불러들였다

거센 풀들 뽑아주고 나방 벌레 잡아준 내게 기세등등 큰
소리치는 것이었다

한겨울 추위와 된바람 견디면서 자신도 꿈을 꾸었노라고 오로지 당신을 위해서만 꽃피우고 열매 맺지는 않겠노라고 오목눈이, 딱새, 곤줄박이 다 불러들여 새끼들 품어주고 해질 녘이나 새벽녘 고라니 똥들 별처럼 수놓고 곤충들 알 낳으면 제 잎으로 힘껏 키워내겠노라고

　키만 웃자란 채 수척한 아로니아 나무들 바라보며 멍하니 서 있는데 늦여름 매미들이 맞아맞아맞아 일제히 울어대는 것이다

수척해진 이유

구상나무 자작나무 가문비나무……
나무들이 산을 올라가고 있다
숨을 헐떡이며

해발 오백 미터, 천 미터, 천오백 미터
산 정상에서 나무는
더이상 발 디딜 곳이 없다
멈춰 선 채로
까마득한 낭떠러지로 뛰어내린다

사람들 모르게 천천히
나무들은 북극으로 가고 있다

대륙에서 대륙으로
인류가 오랜 시간 이동해 온 것처럼

나무들이 수척해진 이유
일가를 이끌고 떠밀리듯

품고 살던 새들과 반딧불이 풍뎅이
함께 이동하고 있기 때문이다

모래의 시간들

오늘도 바람의 방앗간에서 짓찧어진
작은 알갱이들이 폴폴 날린다
눈과 코에, 입에 날아든다

아버지가 한 삽 가득 모래를 뜰 때마다
콩고물 같은 모래들이 흘러내렸다
한강에선 끌도 없이 모래가 퍼 올려지고
모래는 자주 바퀴를 삼키곤 했다
커다란 트럭이 모래의 함정에 빠져
살이 닳도록 제자리를 헛돌았다

강물에서 멱을 감다가
난 곧잘 모래 위에서 뒹굴곤 했다
뜨겁게 달구어져
머리카락이며 옷이며 신발이며
물기만 있으면 달라붙던 작은 알갱이들

그때쯤이면 달착지근한 냄새가

근처에 있던 어머니의 떡함지로부터 풍겨왔다
어머니의 손끝에선 밤과 낮이 찧어지고
금지와 수난이, 희망과 오해가 빻아져서
색색깔의 꿀떡, 바람떡, 시루떡으로 빚어지곤 했다
몰래몰래 집어먹던 떡에 모래 알갱이들이 함께 씹혔다

모래들은 다리가 되고 빌딩이 되었다가
다시 부스러져 내리고
온몸 가득 채워지는 바람의 부피
입안에서 서걱이는 모래의 시간들

수박

속이 썩어가는 수박을 앞에 두고
속이 푹푹 곯아가는 사람

불안들
속을 꽉꽉 채우고
흐르지 않는
검은 피

여름 땡볕이 두드린다
고분 같은 수박을

영문 모르는 씨앗들은 꿈꾼다
검은 암석처럼 빛나며

힘찬 발굽들과 팔랑거리는 나비를
시원한 빗줄기와 바람의 입김을
향기의 원천인 그것들을

신종 바이러스야 창궐하든 말든
둥그런 뱃속에서

만월

달이 최대한 바닷물을 끌어당기자
산호들이 일제히 포자를 쏘아 올린다
베일을 드리운 듯 물속이 뿌옇다

때를 기다리고 있던 암컷들이 솟구쳐 올라
알을 몸 밖으로 밀어낸다
수컷들이 물의 표면 가까이 튀어올라 정액을 뿌린다
해수면 가까이에서 빙빙 돌고 있던 상어들
놓칠세라 이빨 세워 달려든다

부글거리며 피어오르는
물방울, 알들
삶과 죽음으로 팽팽해진
몸부림의 균형

그 모든 것을 다 싸안을 듯
물의 표면장력

해수면 가까이에서
달이 들여다보고 있다
뒷짐 지고

분화구 속
오래된 그늘이 내려온다
푸석한 멘탈로
검은 우주를 뱅글뱅글 돌고 있는
고독, 환하다

체위에 관한 단상

성남 씨가 침대에 누워서 천장을 바라보고 있다
안 보이는 눈을 껌벅거리며 순녀 씨가 귀를 세운다
소란 씨는 휠체어에서 뒤틀린 몸을 버티며 간신히 눈을 맞
춘다
이동 차량이 안 잡힌 대준 씨는 줌 화면으로 얼굴을 보인다

시 창작 첫 수업
내 시선이 이리저리 방황한다
가지가 앙상한 은행나무가 교실 안을 기웃거린다

은행나무는 사람보다 먼저 직립했다
나무의 체위를 보며 사람들도 직립을 꿈꾸었을까

물속에 서서 자는 고래의 체위를
날면서 자는 새들의 체위를 그려보다가
내 앞에 놓인 시를 더듬더듬 읽는다

오늘 성남 씨가 가져온 시는 통증을 못 느끼는 시, 목 아래

부터 감각이 없어 주사 맞을 때가 유일한 장점이라는데 그의 앞자리 휠체어에 앉은 소란 씨가 *나는 항상 온몸에 극심한 통증을 느끼는데* 중얼거린다 그러자 성남 씨는 가끔 근거 없는 통증이 찾아오기도 한다고, 통증을 못 느낀다고 마음에까지 통증이 없는 건 아니라고 한다

나는 자꾸 창밖으로 도망친다
한 음절 한 음절 힘겹게 몸 밖으로 밀어내는 소리들을
온몸이 귀가 되어 듣는다

카니발

잘 다녀올게요 가장무도회가 열려요 항상 비탈진 길을 걷는 기분, 중력을 잊고 제 무게를 내려놓고 싶어요 오늘을 붕붕 날아다니고

번듯한 학교, 꿈의 직장, 풍요로운 삶을 얻기까지 밀리면 끝장, 이라는 위기의식을 갖고 산 게 저만은 아니었나 봐요 오늘은 우리 모두 가슴속 벼랑에서 해방되는 날 젊은이들이 사방에서 몰려드네요 간격이 점점 좁혀져요

왜 축제에서 피의 냄새가 나는 거지요? 마법의 지팡이도 고깔모자도 어디론가 가버리고 이 흐름에서 빠져나갈 수가 없어요 멈추고 싶지만 한 발 한 발이 낭떠러지, 내 속의 벼랑과는 전혀 다른, 컴컴한 어둠과 허방이 커다란 입을 벌리고 있어요

서울 한복판에서 뜨거운 내 심장이 멈춰가요 어느 영화에도 이런 장면은 없었는데 상상보다 현실은 더 끔찍하고

생과 사의 경계가, 이승과 저승의 경계가 흐릿한 때 저 어
둠의 구멍을 거두어줄 빛이 비춰주면 좋을 텐데, 주위엔 나
처럼 핏기 잃어가는 얼굴들뿐

 가파른 가슴 부서지고 또 부서지고 아, 어머니, 나는 가을
에서 겨울로 건너가지 못하겠어요 눌리고 바스라지는 기억
들, 꿈들, 약속들,

 그래도 마지막 숨을 내쉬며 간절히 전하고 싶은 말, 사…
랑…해…요

3부

환희

친구가 개명을 했단다
우선 혀를 달래고 입술의 잠금장치를 풀어야 하리

오만 번을 불러야 비로소
제 일부가 된다는 이름

예술 침묵이, 지인이 키우는 반려견
민주 사랑, 우리집 행운목

혁명은 안 되고
이름만 바꾼 사월
이름이라도 바꾼 오월

몸에 스며들기 기대하며
열심히 불러준다면

진짜 기쁨이 되어
온몸으로 대답할까
환희야

묵, 묵

두부가 있다지만 찰지기야 묵만 하겠어
게다가 도토리묵의 캄캄함이라니
그의 대답 기다리다
묵을 떠올린 나를 탓한들,

도토리를 주워다 가루를 만들어 묵을 쑤고
접시에 맛깔스럽게 담아 앞에 놓으면
말없이 그 묵 한 접시 다 비우고 있는
그를 떠올리고 있는 나를 탓한들,

해마다 도토리는 열리고
백발이 성성할 때까지
줄곧 묵을 쑤고 있을 나를 탓한들,

오늘도
묵, 묵부답 한 접시

관管

입과 항문의 거리는 얼마나 가까운지

취나물무침, 조기튀김, 계란찜, 김치찌개,
반주로 소주 몇 잔과 B의 스캔들, P의 무능함, H의 기
행奇行

낄낄거리며 안주 삼아 삼켰던 것들이
답답하다는 듯, 숨 막힌다는 듯
변기 속으로 급하게 쏟아져 내린다

어디에서 탈이 난 걸까
정작 하고 싶은 말들은 꺼내놓지도 못했다
내보내지 못한 딱딱한 분노와 갈증의 찌꺼기들
몸속에서 이리저리 구부러지는 수많은 경계선을 따라
팽팽한 긴장이 날을 세운다

더 자극적이고
더 짜릿한 것들

돌기와 상처와 염증을 더듬으며
가장 깊은 내부를 질주하고 있다
먼저 빠져나가겠다고 온통 아우성을 치며
또 한 차례 경련이 지나간다

거칠고 급하게
때로 너무 더디게
나를 관통하는 세상이
좀 더 순하고 말랑거렸으면 하다가

어서 나를 지나가라
배를 움켜쥐는 것이다

바퀴

언젠가부터 아버지는 바퀴에서 내렸다

아버지의 자전거 뒤에는
쌀, 오징어, 과자 등이 실리곤 했다
아버지를 졸라서 집 자전거 뒤에 실려 가다가
도랑에 사정없이 처박히던 날
헛돌고 있는 바퀴를 바라보며
난 아버지의 운전 솜씨가 형편없다는 걸 눈치챘다
그래서일까 자전거, 스케이트,
속도가 조금만 붙어도 두려워지는 탈것들

바퀴처럼 다리도 허약했던지
밤 이슥한 골목을 비틀거리며 돌아들던 아버지
손에는 못이 잔뜩 박혀 있었다
뚫지 못한 벽을 깨부수려 할수록
못은 속으로 뿌리를 깊게 내릴 뿐이었다

얘야, 머리 좀 감겨다오

누운 지 사흘째
난생처음 아버지의 머리를 감기며
두피에서 만져지던 우툴두툴한 덩어리들
살 속에서 나와 살이 되지 못한 것들과의 불화

이제는 보인다, 어린 내게 보이지 않던 숱한 허방들
그물처럼 얽혀 있는 그것들을 피해가느라
바퀴에서 내리는 횟수가 잦아진다
어느새 몸 여기저기 만져지는 덩어리들

식욕유

삐뚤빼뚤한
식욕유
어머니가 장 보려고 꾹꾹 눌러 써 둔

식용과 식욕의 거리를 가늠하는데
금세 온몸에 흐르는 식욕

쟁여 있는 피로며
딱딱하고 뾰족하고 물컹한 것들이
바삭하고 고소하게
어머니, 그런데 내 몸이 자꾸 무거워져요

꿈속에까지 따라오는 기름진 발자국
지름길로 쫓아와
혀를 지그시 누르는
식욕의 무게

숟가락에 얹혀

식욕의 바다 어귀에 쌓이는
대궁이, 뼈다귀, 지느러미

가끔씩 걸린 가시를 빼내 주느라
목으로 쑥 들어오는 마디 굵은 손

자꾸만 야위어가는 당신의 치마를 부여잡고
강물을 거슬러 갔다가 휩쓸려 내려오는
내 커다란 입

터

무언가를 떠받치고 있다가
무너진 흔적

비탈진 곳을 다듬고
바닥 고르다 나온 돌들을
울퉁불퉁, 한 켜 한 켜
쌓아 올린 시간들

터와 터 아닌 곳
경계에는 돌축대나 돌담장이 있다
단단하게 버티고 살면서
이만큼만 너를 들이겠다는

수십 년 수백 년이 흘러도
누군가의 터를 알아볼 수 있는 건
그만큼 삶이 무겁고
견고했다는 것

그 자리에 뿌리내렸던 목숨이 스러지고
훨씬 오래 꿋꿋하던 박달나무도 쓰러져

바람과 눈비가 숱하게 몰려왔다 몰려가고

철 따라 키 작은 영혼들이
흔들릴 만큼 흔들리다
스러져가는데

여전히 온기가 느껴진다
눈길과 발길 머물게 하는
깊은 산 풀숲 사이에 돌무더기

길 위에서
― 신 열하일기

압록강, 산해관, 청석령, 고북구,
연암을 따라 걷는 길

안개와 먼지와 바람을 헤치며
거울, 붓, 여정을 기록한 두루마리
등에 짊어지고

달과 벌판과 하늘은 나를 비추는 거울
언제쯤 큰 울음 울어볼 수 있을까

초대받지 않은 자
밤에 돌아다니며 담장 너머를 엿본다
질문과 질문은 징검다리
나비 잡는 아이처럼

흘러가는 것이라면 모두 물인 것*
거침없이 흐른다
웃음이 무기인
명랑한 아웃사이더

땅에 있는 별을 줍는다
길은 길로 이어지고
이것은 결코 끝나지 않을 이야기

＊ 박지원, 「막북행정록」 변용

지바현 능소화

내 살던 곳에 능소화
문득 사라져

바다 건너 일본 지바현에 주렁주렁
귀와 입을 열었습니다

백년 전 지진 후에 그런 끔찍한 일이 있었어
땅 위에 목만 내놓고 칼로 뎅겅 잘랐어
죽창으로 몽둥이로

땅속에 흘러든 피가 붉은 꽃을 피웠습니다
여름이 늦게까지 머물러 길게 더운데
능소화 목이 대롱대롱 땅으로 늘어져 있습니다

죽창에 뽑혀 나오던 내장들 살점들
조선에서 왔다는 이유만으로
이국의 땅에, 강물에 피를 뿌려야 했던

붉은 얼굴들로 수런거립니다
이 다리 끝에서는 군대가 수십 명을
저 강변에서 자경단이 수백 명을
조선인으로 잘못 알고 몇 명을

6천6백 명이 넘었어
일본인이 숨겨주어서 살아나기도 했어
탑이나 비를 세워준 것도 일본인들이었어

잠시 침묵하더니
가만가만 속엣말을 들려줍니다
여기 일은 걱정하지 말라고
돌아가서 네가 해야만 할 일을 하라고

반쪽짜리 자화상

바글바글 끓는 뚝배기 속
돌아누운 흰 닭
다리 한 짝, 몸통 반쪽, 날개 하나
머리는 어디 가고 없다

닭값이 무척 비싸졌다고
식당 주인이 지나가며 공치사처럼 말한다
찹쌀과 밤, 대추 각 한 알씩
생전 먹어본 적 없는 것을 뱃속에 담은

온당하지 않음이 불온성이라면
닭아, 닭아, 반쪽짜리 불온한 닭아

영역을 다투고
피 흘리며 싸우고
목청을 키우고
제 몸집 부풀려

머리와 가슴과 다리가 함께 가는 길이
고작 한 뼘 남짓 뚝배기 안이라면

선택의 여지 없는 오늘의 메뉴, 반계탕
사라진 반의 행방을 궁금해하며
뜨거운 몸속으로
반 마리의 닭을 집어넣으며

폭염을 잊고자 하는
오늘의 메뉴

곰배령

곰배령 부동산엔 드나드는 고객들이 철 따라 바뀐다
단기임대가 대부분이지만 장기임대도 있다
중개수수료는 따로 없다

봄에는 복수초, 노루귀, 모데미풀, 얼레지, 홀아비바람꽃
여름에는 동자꽃, 노루오줌, 물봉선, 진범, 산꼬리풀
가을에는 까실쑥부쟁이, 투구꽃

햇빛과 바람과 비는 관리비 없이 골고루 나눠 쓰고
세입자가 또 세를 놓는 경우도 많아서

벌이나 나비, 개미나 여치 등이 그들이다
고라니와 토끼들이 입맛 찾아 이리 뛰고 저리 뛰는 동안

농사를 짓는 것은 멧돼지 농부
하룻밤에 언덕 하나 밭갈이는 거뜬하다
경계를 짓는 철조망이 없어
너구리 오소리 삵 등이 눈치껏 자유롭게 드나든다

공유경제를 배우겠다고 사람들이 올라오기도 하는데
종종 안개나 비구름에 밀려
고작 사진 몇 장 찍고 서둘러 물러간다

일가를 아무리 많이 거느려도
스스로 비워줘야 할 때를 안다
다만, 가장 아름답게 피었다 지는 것이 임대 조건

오늘 곰배령 부동산에 금강초롱꽃이 문을 열고 들어선다
신부 화장 끝낸 화사한 모습으로

아버지의 손가락

어물전에서 오징어와 낙지와 게를 고르는데
다리가 떨어져 나간 것들이 많다
거스름돈을 챙겨주는 사내의 왼팔목이 붉고 뭉툭하다
상처를 아물리는 둥근 힘

소여물 썰다 잘린 오른손 엄지와 검지
덕분에 아버지는 군대도 면제되었는데
불균형의 손가락 사이로
김신조가 잠입하고
유신헌법이 통과되고
군사정권의 행렬이 지나가는 동안

잘려 나간 손가락은
모래처럼 부스러진 꿈들을 뒤적이고 있거나
땅속 어둠을 조물락거리며
노다지를 찾아 광맥을 더듬고 있었을까

번번이 과녁을 놓친 아버지는

떨어져 나간 손가락을 느끼는지 움찔거리거나
무언가를 쥐는 시늉을 하곤 했다

평생 누군가의 손을 반갑게 마주잡은 일이 없는 아버지
다른 사람의 손이 다가오면
호주머니 속에 숨어버리는 손

소주 한잔 걸칠 때면
젓가락 끝에서 미끄러지던 안주들
움켜쥐려고 했던 것들이 빠져나갈 때마다
손톱 없는 두 손가락은
표정 없는 민둥산

경주 남산

온통 상처투성이다
간신히, 천년을 살아남았다
엎어진 채 골짜기에 처박혀
시간을 이겨낸 옷주름과 장식 매듭

금가고
갈라지고
부서져야
자격을 얻는다
발 딛는 곳마다 신들이 있다

산을 기단 삼아 서 있는
용장사지* 삼층 석탑
푸른 하늘을
목 위에 얹은 돌부처
따끈따끈 봄볕에 조는 듯 마는 듯

돌과 부처의 경계는 어딜까 더듬어보는데

돌부처, 없는 얼굴에
푸른 미소 번진다

* 김시습이 『금오신화』를 썼다는 절

천년의 아침을 내다보다
— 이회영

중심에서 바깥으로 스스로 걸어나간 사람
가진 것, 누린 것 다 내려놓고
삭풍 속 얼어붙은 압록강
돌투성이 땅 거침없이 내달린 사람

사지死地에서 사지로,
빛으로 어둠에 맞서 싸운 대한민족
가슴에 출렁이는 너른 바다는
중국을 덮고 아시아를 넘어 세계를 향해

한 나라의 독립군, 그 이전에
당신 생의 독립군
간과 뇌를 땅에 뿌리게 될지라도*
사로잡힌 이 몸이 감히 천년의 기운을 닦노라**

인간의 시간은 광야에서 비롯되었으니
아직 오지 않은 천년,
몸으로 열어가는 자유와 평등의 뿌리
권력은 움켜쥐는 게 아니라 나누는 것

하루살이처럼 급급한 밤
책 덮고 눈 감으니 선연히 떠오른다
천년의 아침을 내다보는
서늘한 눈동자

입

　욕심 많은 시아버지 곡식 축내지 않을 며느리 구했는데 검은 머리채 사이로 남몰래 숨겨놓은, 한 말의 밥이라도 삼켜버릴 수 있는, 큰 입

　가리고 싶어 숨기고 싶어 검은 머리 마냥 빗어 내리지만 채워도 늘 허기가 지는, 이것저것 가리지 않는, 무서운 입 집도 마을도 통째로 꿀꺽 삼킬 수 있을 것 같은

　며느리 잠든 동안 입속에서 수천 년 된 노랫가락 흘러나온다 그 가락에 맞춰 춤추는 빗자루 물오르는 꽃송이 삐걱이는 부엌문 들썩이는 절구통 줄이어 입속에서 포동포동한 아이들이 하나둘셋넷……

　웅얼거리는 노랫소리 빨라진다 리듬에 맞춰 덜컹거리는 요강, 공중에 치솟아 오르는 울타리, 절로 열리는 사립문, 온통 생기발랄한,

4부

초대

우리 집에 놀러 와

감자밭 가장자리를 지나
시냇물 돌징검다리 건너
조팝꽃 쪼르르 피어 있는 오솔길

혼자 오지 말고
근처를 어슬렁거리는 고양이
심심한 구름을 데려와
정처 없이 나풀거리는 나비
맑고 서늘한 새소리와 함께 와

사심私心은 두고 와
가볍게 가볍게

첫 번째 갈림길을 만나
소나무 우거진 숲으로
백 걸음쯤 걸으면

네 키의 열 배나 되는 바위가 졸고 있지

그 바위를 돌아
왼쪽으로 맑고 고요한 내를 끼고
목적지가 어디였는지조차 잊어갈 무렵

너른 공터에 햇살 가득한
막다른 그곳

비탈에 기대다

최루탄 난무하는 교정, 굶주린 배
한 치 앞도 안 보이던 스물한 살
몸은 뜨거웠으나 세상을 떠나고 싶었던 마음
지리산 종주길에 나섰다

그래도 나눌 수 있는 게 있어 다행이라고
말라가는 풀에, 갓 피어나는 꽃에, 시든 나무뿌리에
핏방울을 똑 똑 흘리며 걸었다
빈혈을 앓는 내 삶에
수혈하듯이

연하천 벽소령 장터목……
몇 송이 꽃 피웠을까
풀 한두 포기 튼실히 뿌리내렸을까

천지만물이 동기간
물보다 진한 피를 나누었으니
잘 견디고 살아남자는 약속

안개 속에서 길을 잃으며, 잃기를 원하며
어둠 속에서 네발로 기며
길과 길 아닌 걸 구별하며

피를 나누었다,
할 수 있는 게 아무것도 없어 보였을 때
촉수를 뻗어보듯이
피의 길을 늘여갔다

길은 계속 비탈이었고
비탈이어서, 비틀거리고 넘어지려는
나를 받아주었다
이름 모를 나무들이 골똘히 지켜보고 있었다

방

조그만 문이 달린 시멘트벽
나무 탁자와 의자 네 개, 늘어뜨린 알전구로 꽉 찬

이야기를 어떻게 시작하게 된 걸까
서걱거리는 사랑을, 나비 팔랑이는 바다를, 쉼 없이
거미가 실을 풀어 집을 짓는 줄도 모르고

가늘고 부드러운 줄이 얼굴과 몸에 자꾸 감기는데
손사래를 쳐 줄을 걷어가며

끝날 줄 모르는 이야기들
사방에 흘러내리는 물기로 온몸이 눅눅해도
목숨을 담보 잡힌 셰에라자드처럼

밖은
출렁이는 무한無限

지나가는 비

일기예보에도 잡히지 않은

갓 피어난 나뭇잎에
어린 새의 날개에
산책하는 이의 이마에

선득한 한 방울
툭!

하늘 한 번 쳐다보고
무심히
비가 오려나 혼잣말하게 하는

목

닭꼬치를 꿴 젓가락을 문 주둥이는
자라의 의지를 벗어난다
젓가락이 가자는 대로
몸속에서 뽑혀 나오는 목

한번 물면 끝까지 놓지 않는다
뎅겅, 잘라도
그것은 벌벌벌 기어간다

첫 먹이를 입에 문 이후로
목이 자라 나왔을 자라처럼

수저를 입에 문 이후로
점점 늘어나고 있는 목
허전해서
옷 속으로 자꾸 움츠리게 된다

제일 먼저 뜨거워지고

가장 나중까지 식지 않는다

끝내 괄호를 닫지 못하고

머리채를 휘어잡고 이리 쿵, 저리 쿵, 나는 머리를 조아리
기도 하고 끄덕거리기도 하면서 침이 입안에 고였다가 흘러
내리고 그것을 남에게 들키는 것이 두려워 얼른 훔쳐낸다

햇빛에 미끄럼 타다가
말의 계곡에서 불쑥 솟기도 하고
책과 술 속에 피어오르는
음악과 여행과 연애 속에 숨어 있기도 하는

아버지 졸음, 어머니 졸음,
졸음졸음졸음 몰려오고

졸음 가족의 저 유구한 역사를 보라

앞치마를 두르고 졸음이 만든 음식,
재봉틀을 돌려가며 졸음이 완성한 옷,
뚝딱 마무리하고 졸음이 먼저 드러누운 집,
졸음이 닦아 놓은 길,

(　　　(　　　(　　　(

괄호를 열고는

나는 끝내 괄호를 닫지 못하고

그림자 혹은

벙어리장갑

가위바위보를 한다
아빠가 이겼다고,
아이는 아니라고, 자신이 이겼다고 한다
아이의 손은 벙어리장갑 속에 있다

네가 내미는 표정은
벙어리장갑 속 손가락 같다
가위인지
보인지

탕!

새떼가 갑자기 한꺼번에 날아오른다
탕! 하고 들리지 않는 총성이 울린 것처럼

길을 걷다가 갑자기 탕!
내면에서 울리는 소리
나만 들리는 소리
화들짝 놀라 발걸음을 멈춘다

내 영혼의 뒤뜰

살얼음 위에

싸락눈 살짝 덮여

어린아이 혼자

조용히 울고 있을 것만 같은

거품

눈길을 떨구고 그녀가 맞은편에 앉아 있다
맥주 거품이 유리컵을 타고 쏟아져 내린다
아우성을 삼키며 탁자 위에 엎힌다

뚝배기 속 계란찜이 넘칠 듯 말 듯
끓어오르는 것들은 사소하다

경계에서 폭발하듯 피어나는 거품들
끝없이 명멸하는 방

내가 잠시 한눈을 판 사이
그녀의 눈물이 솟구쳐 오른다
불보다 빨리 번지고
잔잔한 흐느낌으로 천천히 사그라든다

그녀도 모르는 눈물 속 거품이,
내게만 보이는 거품이,
불을 타고 탁자를 건너와

내게로 흘러든다
스며들기 전에
톡 톡
꺼져버린다

계란찜은 가라앉고
부딪치는 잔엔
거품투성이

한 개 촛불 앞이었다

붓과 펜을 닮았다
새의 부리와도 비슷하다
꽃처럼 상부의 끝에서 불꽃이 켜진다

불 중에서 순한 불이다
몸을 관통하는 심지 하나가 전부

성경과 불경과 코란을 비추던
성스러운 불이다
손바닥이 촛불을 감싸고 있지만
몸을 덥히는 게 아니라 마음을 덥힌다

한 개 촛불 앞이었다
소크라테스의 책상 위에서
몽테뉴, 칸트, 소로우, 바슐라르의 책상 위에서
프랑스 혁명 전야에도 타올랐다

눈 덮인 들판, 구불거리는 도로, 발이 빠지는 진창

어떤 길을 걸어왔던
결기 어린 심지를 지닌
반투명의 얼굴

광장에서 그것은 한꺼번에 개화한다

무서운 사람

복날, 모처럼 몸보신하자고
처남 부르고 매제 부르고

학교에서 돌아온 손자가 북적이는 사람들 쳐다보다가
기르던 개를 찾는다

아들과 며느리는 탕그릇에 손도 안 대고
뼈다귀 쪽쪽 빨아가며
가장과 손님들은 양껏 배가 차는데

아무리 찾아도 마당 끝 묶여 있던 개는 보이지 않고
솥에 그득한 고기와 국물
그제야 개의 향방을 짐작한 손자 녀석
제 할머니를 보며 하는 말

"아, 우리 할아버지 독한 사람이네
정말 무서운 사람이네"

독한 사람, 무서운 사람이 된 줄 모르고
가장은 사람 좋은 웃음을 띤 채 호기롭지만

할아버지는 절로 되는 게 아닌 것
돌도 삼키고
칼도 삼키고
제 심장도 삼켜야 했던
복날이 수십 번,

그 시간을 다 견뎌서
비로소 할아버지가 되었다는 걸

늦게 도착한

산정호수에 다녀왔다기에 그를 만나고 왔느냐고 물었
어요
단풍이 거의 다 졌더라고, 당신은 단풍 탓을 해요
거기엔 버들붕어도 곤줄박이도 고라니도 있었을 텐데
그가 기다려주지 않았다고,
자신이 너무 늦게 도착했다고

오래전 저도 그를 만나지 못했어요
곁에 좋은 사람이 있었고
제 시야를 가득 채워버렸거든요

가슴 우물 속을 가만히 들여다보면
물결이 찰랑이고
바알간 뺨을 스쳐가는 바람
시리도록 푸른 하늘과 나무들
숨쉴 때마다 드나들던 향기들

이제는 알아요

너무 늦게 도착한 시간들
기다려주지 않은 것들이
그가 된다는 것을

그러니 이제 우리
준비가 다 되었어요
이곳에서
그를 기다려볼까 해요

노을 진 자리

개펄에 붉은빛이 점차 퍼진다
붉은 물웅덩이들에 갈매기가 들어앉아 있다
물속 수백의 태양을 쪼는 새들
노을 진 자리에 어둠이 스며든다

노을 한 장 접어 가슴에 담는다
이번 노을은 구름이 있어
좀 더 찬란했다고 중얼거리며

노을로 진 사람들
내 가슴 속에 있다

구름 한 점 없이 맑고 드높던
한낮의 무채색을 지나 핏빛으로 불타오르던
먹구름에 가려 묵묵히 어둠에 덮이던

그 노을
한 장 한 장

가끔씩 편다

바람 부는 숲
흔들리는 우듬지
드러누운 그림자는
가끔 몸을 세우기도 했으니

새들이 잠자리에 든 뒤에도
어둠 속에서
수천수만의 잎새들이 팔락거린다

꽃의 심장에 도달하려면

차들 씽씽 달리는 대로 위 공중에서
까치 한 마리,
지그재그 날고 있다

달리는 자동차 안에서 스쳐가며 본다
부리와 발톱을 피해
나풀나풀
삐뚤빼뚤

나비의 비행법을 따라
까치는 필사적이다
춤추는 듯
취한 듯

살아가는 모습이 저처럼
먹이의 행보에 달려 있다니

나도 쫓아가 봐야겠다

팔랑이는 꽃들을 닮아 있는 나비

사뿐사뿐
하느작하느작
꽃의 심장에 도달하려면

돌멩이 하나

발길 닿은 곳에서 주워온 돌멩이
수십 년이 지나자 일가를 이루었다
지리산, 거제와 제주, 한탄강……
그중에 빛고을에서 주워 온 돌멩이가 있다

용암이 흘러내리고 물살에 쓸리고
돌멩이라는 이름을 얻기까지 상처 자국들
고작 발부리나 아프게 하던 돌멩이가
총탄이 난무하는 소용돌이 한복판에서
겪었을 일들

죄 없는 피를 먹고
피보다 진한 땀과 눈물을 흠뻑 뒤집어쓰고
헬리콥터에서 쏜 총탄을 받아내야 했지만
그러고도 돌멩이라서 침묵했지만

사람과 함께 한 돌멩이는
사람을, 사람의 표정을 닮아간다

손에 쥔 체온만큼 온기를 돌려줄 줄 안다
저를 아프게 한 만큼 아프게 할 줄 안다

돌멩이라서
먼지 켜켜이 쓰고 기다린다
이 땅의 기억들과 아우성을 몸속에 가둔 채
아직 한 번도 오지 않은 시간을

들판에서

새떼들 끼룩거리며 한 방향으로 날아간다

혼자 힘겹게 날개 퍼덕이며 가는 새
다른 무리들이 줄곧 추월해 가는데

그 흐름을 거슬러 오고 있는 새 한 마리

점, 점 가까워지다
공중에서 마주친다

끼룩끼룩, 끼룩끼룩
둘이 요란스레 주고받더니

앞서간 일행을 좇아간다
나란히 함께 간다

그 몸짓과 소리가 낯익다
너른 들판에서 혼자 비와 우박을 온몸으로 맞던 열 살

지구에 나 혼자뿐이라고 생각하던 스물

길을 잃고 헤매던 춥고 어두운 숲속에서
저런 몸짓으로
나를 이끌던 사람들이 있었다

진창길을 헤쳐 가는 '눈의 부족'의 노래

임동확(시인)

진창길을 헤쳐 가는 '눈의 부족'의 노래

　　박설희 시인의 시적 태반은 단연 '진창'이다. 과도한 물기로 질퍽질퍽해져 걷거나 활동하기에 불편한 땅과 같은 오늘의 현실이 그 시적 기반이다. 유감스럽게도 그렇다. 우리는 평소 서로 우애하며 사이좋게 지내다가도 마치 '진흙탕에서 싸우는 개들'(泥田鬪狗)처럼 먹다 남은 뼈다귀 같은 사소한 이해 관계 또는 생각의 차이 때문에 금세 돌변해 상대방을 증오하거나 죽기 살기로 서로 물어뜯기에 바쁘다. 격랑이 일어나기라도 할라치면 평소 잔잔하고 평화스럽게 보이던 맑은 호수 밑바닥에 가라앉아 있던 진흙탕물이 수면으로 용솟음치듯이 언제든 진흙 벌 같은 시커먼 혼란과 갈등이 재현될 수 있는 곳이, 지금 우리가 살고 있는 이곳이다.

　　구체적으로 박설희 시인에게 그런 '진창'은 스스로가 적당히 견디고 극복할 만큼의 시련과 고난을 주는 땅의 하나가 아니다. 그것은 "아버지의 자전거 뒤"에서 떨어져 "헛돌고 있는 바퀴를 바라"볼 수밖에 없었던 "도랑"(「바퀴」)과 같은 속

수무책의 망연자실한 현실을 의미한다. 그런가 하면 "한번" 문 "닭꼬치" 먹이를 "끝까지 놓지 않는" "자라"처럼, 이른바 "수저를 입에 문 이후" 시작된 인간의 "뜨거"운 욕망과 탐욕이 "가장 나중까지 식지 않는"(「목」) 삶의 아수라장을 의미하기도 한다.

어디 그뿐인가. 쉬 그 정체를 드러내지 않는 진창은 한번 "밀리면 끝장이라는 위기의식"을 늘 "갖고" 살아야 하는, "한 발 한 발이 낭떠러지"인 "컴컴한 어둠과 허방이 커다란 입을 벌리고 있"(「카니발」)는 무서운 심연을 가리킨다. 때로 최악의 경우, 단지 국적과 인종이 다르다는 이유만으로 "이국의 땅"에서 죄 없이 죽어가야 했던 "조선인"들처럼, 집단광기와 인종 학살과 같은 "끔찍한 일"(「지바현 능소화」)이 언제든 벌어질 수 있는 곳을 뜻한다. "삐뚤빼뚤한" "식용과 식욕"의 "커다란 입"이나 "목"구멍 속으로 "쑥 들어오는 마디 굵은 손"(「식욕유」)같은 게 바로 진창의 모습이다.

발걸음을 뗄 수가 없다
딛는 곳마다 진창이다
어디가 진창인지 정확히 아는 것처럼

어제는 자매간에 설화舌禍를 부르고
오늘은 풀려던 실타래가 더욱 꼬이고

내일은 삐끗해서 드러눕게 될지도

제 등에 불을 짊어지고
푸른 초원을 동경한 사자 이야기처럼

— 「진창의 노래」 일부

굳이 어려운 비유 필요 없이, 발 "딛는 곳마다 진창"인 지금 여기는, 인간 활동의 가장 기초적인 행위인 "발걸음" 하나 자연스레 "뗄 수"조차 "없"는 부자유한 장소다. 그리고 여기에선 누구보다도 가깝게 지내며 속내를 터놓고 지내야 할 "자매간"에 "설화"가 "어제" "일어난"데 그치지 않고, 또 "오늘" "풀려던" 갈등의 "실타래"가 "더욱 꼬이"는 사태가 다반사로 벌어진다. 그 결과 "내일"은 "삐끗해서" 앓아 "드러눕게 될지도" 모를 만큼 불안하다. 마치 "제 등에 불을 짊어지고 푸른 초원을 동경"하는 "사자"처럼 삶과 죽음의 혼란과 갈등이 엄연하게 작동하고 있는 세계가 우리가 살고 있는 지금 여기다.

시인이 형상화하는 시공간은 우리 모두가 원하는 바와 같이, 항상 평화와 조화가 빛나는 지금 여기가 아니다. 아름답게 포장된 세계의 한 꺼풀만 벗겨보면, 필요 이상으로 "커다란 뿔"을 과시하다가 "서로 단단히 얽"힌 채 "숲 가"에서 죽어가는 "수컷" "순록"(「교착」)들처럼 한 치의 양보도 없이 '만인을 위한 만인의 투쟁' 상태를 목격하게 된다. 마치 "탈이 난" "입과 항문" 사이에 미처 배출되지 못한 채 쌓여있는 "딱딱한 분노와 갈증의 찌꺼기들"이 "팽팽한 긴장"의 "날"을 세우고 있는 형편이다. 더 나아가, "더 자극적"이거나 "더 짜릿한 것들"을 추구한 결과로 그 "내부"의 장기들 속엔 "돌기"와 "염증"이 돋아난 상태이며, "또 한 차례"의 무서운 "경련"(「관」)을 예고한다.

하지만 달리 생각해보면, 설령 그 진창 때문에 우리가 좌절하거나 파멸해간다고 해도 진창 자체는 아무런 잘못이 없다. 얼핏 "한 치 앞도 안 보이는" "비탈"길이라고 해도, '거기서 "비틀거리고 넘어지려는/ 나를 받아주었"(「비탈에 기대다」)던 것도 진창이기 때문이다. 어쨌거나 넘어진 것도 스스로가 넘어진 것이고, 일어나는 것도 스스로 일어나야 하는 곳이 바로 진창이다. 무엇보다 자신들이 진창과 정면으로 맞서지 않으면 문제의 근본적인 해결이 불가능하다는 점에서 더욱 그렇다고 할 수 있다.

결국 "죽으려고 애쓰는" 꼴이거나 "죽음의 완성을 향해"(「다 되어 가」) 달려간다는 점에서 우리가 살아가고 있는 세계는 어떤 식으로든 비극적이다. 그 와중에도 이곳은 "비탈진 곳을 다듬고/ 바닥 고르다 나온 돌들"을 "한 켜 한 켜/ 쌓아 올"리며 "그만큼" "무겁고/ 견고"하게 구축해가야 할 "삶"(「터」)의 터전이다. 때로 우린 옳고 그름보다는 각자의 가치척도나 지향점에 따라 "불쌍한 사람들과/ 불쌍해하는 사람들"을 엉뚱하게 "구분"하면서, 서로를 오해하거나 이해하면서 함께 어울려 "깔깔 웃"(「척도」)으며 살아가기도 한다.

　우리들의 의지와 상관없이 일상사에서 겪어야 하는 크고 작은 고통이나 상처들을 불러오는 진창은, 단지 부정이나 회피의 대상일 수 없다. 설령 "발이 빠지는 진창"과 마주치는 곤경에 처했다고 하더라도, 그럴수록 "손바닥으로 촛불을 감싸"듯한 "마음"과 "결기 어린 심지"(「한 개 촛불 앞이었다」)의 의지가 중요하다. 이미 저질러진 사태를 한탄하거나 자신의 처지에 맞지 않는 허황된 꿈을 꾸기보다 당면한 고난과 고통을 직시하면서 "정말" 이제 "끝장이라는 단호한 결의"(「떡! 하니」)와 각오가 더 우선이다. 자신들의 일상이 뿌리박고 서 있는 삶의 대지를 저주하거나 원망한다고 해서 달라질 것이 없는 것이 모든 인간의 공통된 운명이기 때문이다.

　무언가를 떠받치고 있다가
　무너진 흔적

　비탈진 곳을 다듬고
　바닥 고르다 나온 돌들을
　울퉁불퉁, 한 켜 한 켜
　쌓아 올린 시간들

　터와 터 아닌 곳
　경계에는 돌축대나 돌담장이 있다

단단하게 버티고 살면서
이만큼만 너를 들이겠다는

수십 년 수백 년이 흘러도
누군가의 터를 알아볼 수 있는 건
그만큼 삶이 무겁고
견고했다는 것

— 「터」 일부

지금 여기의 눈앞에 보이는 "터"는 그저 "무너진" 무수한 "흔적" 가운데 하나가 아니다. 필시 "무언가를 떠받치고 있다가" 사라진 하나의 흔적이다. 특히 "비탈진 곳을 다듬"거나 "바닥"을 "고르"는 과정에서 "나온" "울퉁불퉁"한 "돌들"을 "한 켜 한 켜/ 쌓아 올린 시간"의 흔적이다. 그 "경계"에 남아 있는 "돌축대나 돌담장"은, 그런 "터"가 남긴 흔적이자 그 누구도 예외 없이 피할 수 없는 진창 위에 세워진 엄연한 삶의 구축물이다.

지상에 남아 있는 "누군가의 터"들은 무슨 일을 하든지 부딪치기 마련인 세속의 크고 작은 시련과 고난에도 "단단하게 버티고 살"아낸 자들이 구축한 삶의 흔적들을 나타낸다. 특히 그 가운데 "수십 년 수백 년이 흘러도" "알아볼 수 있는" 모든 "터"들은, 그들의 지상적 "삶"이 "무겁고/ 견고했"음을

의미한다. 동시에 그것들은 결코 쉽지 않은 지상의 삶의 조건
을 스스로 개척하고 극복하려는 개인들의 용기와 열정의 결
실들을 "떠받치고 있다가" 이내 "무너진" 신성한 "흔적"들이
다.

> 온통 상처투성이다
> 간신히, 천년을 살아남았다
> 엎어진 채 골짜기에 처박혀
> 시간을 이겨낸 옷주름과 장식 매듭
>
> 금가고
> 갈라지고
> 부서져야
> 자격을 얻는다
> 발 딛는 곳마다 신들이 있다
>
> ― 「경주 남산」 일부

경주 남산 이곳저곳에 "간신히, 천년을 살아남"은 돌부처
들은 일단 시간의 풍화작용과 인간의 훼손 등으로 "온통 상
처투성이"인 상태다. 그것들은 어쨌거나 그 긴 세월을 건너
오는 동안 "금가고/ 갈라지고/ 부서"질 수밖에 없었던 형편
이다. 하지만 "엎어"지거나 "골짜기에 처박"힌 그 돌부처들
의 법신法身에는, "옷주름"이나 "장식 매듭"의 흔적이 깊이 새

겨져 있다. 놀랍게도 장대한 "시간"의 간섭과 방해를 "이겨" 낸 채 그 형상을 유지하면서 '부처'로서의 "자격" 또는 신격神 格을 구현해내고 있다. 우리가 살아있는 동안 "발 딛는 곳" 모 두가 단지 진창이 아니라 부처와 같은 "신들"이 사는 정토라 는 것을 알려주는 것이다.

하지만 척박한 삶의 환경을 낙토樂土로 만들려는 꿈과 희 망은 단지 개별적인 차원의 "단호한 결의"(「떡! 하니」)와 용 기만으로는 부족하다. 독립운동가 이회영과 그 일가가 보여 준 것처럼 이른바 "가진 것"과 "누린 것"들을 "스스로" "다 내 려 놓"은 채 "중심에서 바깥"으로 "걸어나"가는 무서운 자기 결단이 필요하다. 끊임없는 자기 쇄신을 통해 "사지死地"와 다 름없는 "어둠"의 현실과 자신이 서 있는 "돌투성이 땅"(「천년 의 아침을 내다보다」)을 직시하면서 그 난관을 극복하려는 광정匡正한 정신의 결사結社가 요구된다. 여기에는 "거칠고 딱 딱"하지만 직접 제 "다리와 발로 지구의 맛을 보"(「지구를 굴 린다」)는 대지적이고 우주적인 도전과 불굴의 모험의 상상력 이 필수적이다.

박설희 시인의 이번 시집에서 상당한 비중을 차지하고 있 는 농업적이고 생태학적 상상력도 이와 맞물려 있다. 일차적 으로 박 시인은 우리가 살고 있는 세계의 하나인 "한강" "강 물" 속에 "당뇨약"에 "중독된" "등 굽고/ 비늘이 흐물"한 "물 고기가 늘어나고 있"(「물속의 사생활」)는 사실에 주목한다.

동시에 해발 "오백 미터, 천 미터, 천오백 미터"에서 자생하던 "구상나무 자작나무 가문비나무" 등이 전 지구적인 기후 이상으로 "더 이상 발 디딜 곳이 없"(「수척해진 이유」)어진 현실을 폭로하고 고발한다. 그러면서 여기에 "너무 늦게 도착한" 깨달음의 "시간"일망정 인간과 자연 사이에 새로운 협력과 동반의 관계로 전환할 "준비"(「늦게 도착한」)가 되어 있어야 한다는 시대적 요구와 주장을 담아낸다.

하지만 이러한 논리는 "지각 있는 존재"로서 인간과 "지구인"(「종」)을 포함한 모든 생명체가 생태계적인 순환 체계에서 벗어날 수 없다는 당위론적 사실 확인에 그치지 않는다. "성급한 송충이"가 미처 "우화羽化"를 "기다리지 못"한 채 "주워온 날개를 몸통에 갖다 붙"(「오늘의 불협화음」)이는 꼴인 세계의 '불협화음' 또는 삶의 혼돈 속에서, 우주 속의 자기 위치를 의식하고 확인하면서 참된 생명의 리듬을 회복하고, 더불어 자신의 운명과 의미에 대한 총체적 인식을 갖고자 하는 시인적 요구가 포함되어 있다.

달이 최대한 바닷물을 끌어당기자
산호들이 일제히 포자를 쏘아 올린다
베일을 드리운 듯 물속이 뿌옇다

때를 기다리고 있던 암컷들이 솟구쳐 올라
알을 몸 밖으로 밀어낸다

수컷들이 물의 표면 가까이 튀어올라 정액을 뿌린다

해수면 가까이에서 빙빙 돌고 있던 상어들

놓칠세라 이빨 세워 달려든다

부글거리며 피어오르는

물방울, 알들

삶과 죽음으로 팽팽해진

몸부림의 균형

…… (중략) ……

분화구 속

오래된 그늘이 내려온다

푸석한 멘탈로

검은 우주를 뱅글뱅글 돌고 있는

고독, 환하다

— 「만월」 일부

    가장 크고 환한 달의 모습으로 "최대한 바닷물을 끌어 당기"는 만월의 시기가 되면, 바닷속 생명체 "산호들"은 "일제히 포자를 쏘아올"리며 수정을 시도한다. 이런 "때를 기다리고 있던" 물고기 "암컷들"도 물속에서 "솟구쳐 올라" 그동안 뱃속에 품고 있던 "알"들을 산란한다. 어디 그뿐인가. 그걸 놓

칠세라 그 "수컷들"은 거기에 맞춰 "정액을 뿌"리는 장관을
연출한다. 특히 이런 만월의 시기가 되면 "해수면 가까이에서
빙빙 돌고 있던 상어들"은 상위포식자가 되어 번식기의 물고
기들을 잡아먹는 생명의 대연쇄가 일어난다.

　이러한 일련의 과정과 사건들을 이른바 적자생존의 '약육
강식'의 세계로 이해하고 해석하는 것은, 편협하고 일면적인
진실을 볼 뿐이다. 이를 관계론적이고 생태학적인 관점에서
볼 때, 이러한 사태는 우주의 근본이라고 할 수 있는 "삶과 죽
음"의 "팽팽한 몸부림" 또는 장엄한 "균형"과 조화의 장면을
의미한다. 한마디로 모든 생명계의 드라마가 극대화되는 때
가 "분화구 속/ 오래된 그늘"조차 "내려"오는 만월의 시기이
며, 무엇보다도 광대한 밤의 "검은 우주"가 별다른 자의식 없
이 "뱅글뱅글 돌고 있는" 달의 "환"한 "고독" 속에서 더욱 아
름답게 다가오는 때가 바로 '만월'이다.

　일체의 "사심私心" 개입이나 "목적지"가 따로 없는 "너른 공
터"의 "막다른" "곳"에 있는 "우리 집"으로의 '초대' 또는 '환
대hospitality'는 여기서 시작된다. 다만 이런 '우리 집'에 "놀러
와"(「초대」)도 되는 손님들에겐 하나의 조건이 있는데, 초대
된 손님들은 "복수초" 등 뭇 꽃들처럼 제 "아무리" "일가"를
"많이 거느려도/ 스스로 비워줘야 할 때"를 알아야 한다는 것
이다. 그들이 '우리 집'을 원할 경우 유일한 "임대 조건"은, 실
용적 가치보다는 "가장 아름답게"(「곰배령」) 삶의 진실을 꽃

피울 줄 아는 것이다. 그것만으로 초대받을 자격이 충분하다. "한 치 앞도 안 보이던 스물한 살" 때처럼 "할 수 있는 게 아무것도 없어 보"이는 절망의 순간에서조차도 함께 "나눌 수 있는 게 있어" 그나마 "다행"이라는 갸륵한 "마음"(「비탈에 기대다」)이면, 언제든 환영인 집이 바로 '우리 집'이다.

강원도 속초 태생으로, 이름에 '설악의 딸'이라는 의미가 담겨 있는 박설희 시인의 이번 시집에서 '진창'과 더불어 큰 비중을 차지하는 지배적 이미지는 '눈'이다. '눈'은 먼저 개인사적으로 "소여물"을 썰다 잘린 "손가락" 때문에 "평생 누군가의 손을 반갑게 마주 잡은 일이 없는 아버지"(「아버지의 손가락」)의 슬픔을 가려준다. 동시에 그곳엔 필시 "먹고 싶은 것"들이 "많"아 그 "다리"마다 수많은 "입들을 매달았을"지도 모를 "문어를 먹고 싶다"(「문어」) 했던 어머니에 대한 그리움도 숨겨져 있다. 특정한 장소나 사물들을 가리지 않은 채 "어디에서/ 언제 내리든 심지어 "이유 없는 증오"에조차 "희고 둥근 마음들이 웅크리고 있는"(「눈의 부족」) 사물이 바로 '눈'이다.

하지만 '눈'은 "불쌍한 사람만 보아도 내내 우울한" 박설희 시인의 개별적이고 가족사적인 상처나 사회적 아픔을 잠시나마 가려주거나 덮어주는 차원에 머무르지 않는다. 이른바 진토塵土에서 "밑지는 생명을 연장하려고 애쓰며" "사람답게 사는 법"과 더불어 "사랑하며 실천하는" 수단과 목적으로서 "온몸으로 느끼고 생각하고 실천하는" (「법과 편」) 혁명적 변화를 이끌어내는 상징이 '눈'이다.

나는 꿈꾼다
눈의 혁명을
흩날리는 것만으로도
쌓이는 것만으로도
시작되는 혁명

공기의 아기 구름의 아기들이
쥐똥나무, 쓰레기 더미, 유모차, 어디에나 가리지 않고
내린다는 행위에만 집중하게 만드는 비현실성
소리들을 흡수하며

그것은 온다
버려진 사람에게도, 악의로 가득 찬 이에게도
차갑고 가볍고 부드러운 것
날린다 몰아친다 흩뿌린다 퍼붓는다

눈은 늘 첫눈
마음속 마을에도 눈이 쌓여
보이지 않던 마을이 드러난다
무장 해제된, 가시와 치명적 독
속마음까지 포근포근하게 만드는 혁명

세상을 통일하지만

영구집권하려 하지 않는다

반짝일 만큼 반짝이다

아무 미련 없이 스러질 뿐

다시 쓰고

고쳐 쓰고

또 쓰고

끝나지 않는

눈의 고요한 혁명

─「눈」전문

여기서 '내'가 꿈꾸는 "눈의 혁명"은 거창한 명분이나 거대한 혁명적 주체를 필요로 하지 않는다. 다만 '눈'의 운동적 속성인 눈발의 "흩날"림이나 "쌓"임 그 자체 행위만으로 충분하다. "공기"와 "구름의 아기들"인 '눈'은 "내린다는 행위" 그 자체로 이미 "혁명"적이다. 즉 "쥐똥나무"나 "쓰레기 더미" 등의 사물과 특정 장소를 "가리지 않"는 채 내리는 '눈'은 모든 혁명의 대전제 가운데 하나인 평등성을 실현시킨다는 것만으로 위대하다. 심지어 "악의로 가득 찬 이"들에게도 골고루 "날"리거나 "몰아"치며, "흩뿌"리거나 "퍼붓"는 것만으로 "눈"

은, 인류의 이상적 목표의 하나인 위대한 무차별의 평등을 실현하려는 혁명의 필요충분조건을 갖추고 있다.

'눈의 혁명'은 외면적이고 목적의식적인 변화의 사회혁명 차원에 그치지 않는다. 그새 "보이지 않던" 내면의 "마을"에까지 파고들어 "쌓"인 '눈'은, 날카론 "마음속" "가시와 치명적인 독"을 "무장해제"시키는 동력을 갖고 있다. 그러면서 "속마음까지 포근포근하게 만"들 뿐만 아니라 마침내 "세상을 통일"시키는 역할을 수행한다. 사회구조의 대변화와 함께 그 수행 주체의 내면 변화까지 이끌어내는 게 '눈의 혁명'이다.

이처럼 '눈의 혁명'은 역대의 혁명 세력들이 보여주었던 절대권력의 사유화와 독점에 의한 '영구집권'을 꿈꾸지 않는다. 그러기는커녕 잠시 "반짝"이다가 "아무 미련 없이 스러"지는 운명을 택한다. 자신들의 혁명 이념이나 성공을 절대화하기보다 "다시 쓰고" 또다시 "고쳐 쓰는", 그러기에 "끝나지 않는" 혁명을 지향한다. 늘 "첫눈"의 마음으로 다시 "시작"하기에 결코 종결이 없는 미완의 혁명이 '눈의 혁명'이 지닌 가장 큰 미덕이라고 할 수 있다.

박설희 시인에게 시는 인간과 자연을 가리지 않고 "한 음절"씩 "힘겹게 "자신들의 "몸 밖으로 밀어내는" "통증"의 "소리들을/ 온몸이 귀가 되어 듣는"(「체위에 관한 단상」) 일에 해당한다. 혹은 "길을 걷다가 갑자기 탕!" 하고 자신의 "내면에서 울리는 소리", 그러나 "나"에게만 들리는 소리(「그림자 혹은」)에 귀기울이는 일이 시인의 몫이라 여기는 듯하다.

　　달과 벌판과 하늘은 나를 비추는 거울
　　언제쯤 큰 울음 울어볼 수 있을까

　　초대받지 않은 자
　　밤에 돌아다니며 담장 너머를 엿본다
　　질문과 질문은 징검다리
　　나비 잡는 아이처럼

　　흘러가는 것이라면 모두 물인 것*
　　거침없이 흐른다
　　웃음이 무기인
　　명랑한 아웃사이더

　　땅에 있는 별을 줍는다
　　길은 길로 이어지고
　　이것은 결코 끝나지 않을 이야기
　　　　　　　　　　　　　　　　　— 「길 위에서–신 열하일기」 일부

　　부제 '신 열하일기'가 보여주듯이 연암 박지원으로 빙의한
"나"는 "달과 벌판과 하늘"을 "거울"삼아 "큰 울음"을 "울어"
보고자 하는 포부와 야망을 가진 시인이다. 하지만 "나"는 연

암과 달리 그런 의미의 '호곡장'을 만나지 못하거나 거기에 "초대"받지 못한 자이다. 그래서 그 아쉬움을 달래려 낮 아닌 "밤에 돌아다니며" 이전까지 접해보지 못한 세계의 "담장 너머를 엿"보거나 연신 "질문"을 던지지만, "나"는 여전히 '길 위에서' 방황하는 "아웃사이더" 중의 한 명일 뿐이다.

내심 "흘러가는" "물처럼" "거침없이" 살아가겠다거나 이제 "땅에 있는 별을 줍"고자 하는 "나"의 다짐은 이에 대한 대체적 소망이다. "나"는 애써 "웃음"을 "무기"로 하는 "명랑한 아웃사이더"를 자처한다. 하지만 "나"는 여전히 억제할 수 없는 충격의 기쁨에서 오는 큰 감동의 세계에 다가가고자, 시인적 소망을 결코 포기한 적이 없다. 마치 "끝나지 않을 이야기"처럼 지속적이고 연속적으로 "나"는 '천지간의 우레' 또는 '꾸밈없는 갓난아이 소리'와도 같은 큰 감동의 시를 써가겠다는 포부를 갖고 있다. 하지만 천상적이고 초월적인 세계보다 지상적이고 구체적인 현실 속에서 시적 진리를 찾겠다는 구도자적 행각을 보여주고 있는 게 바로 "나"다.

'눈의 부족'을 자처하는 박설희 시인은 "먹이의 행보"에 따라 위험한 차도 위를 "비행"하는 "까치"처럼 "필사적"으로 살아가면서, 그러나 이제 "팔랑이는 꽃들을 닮아있는 나비"가 되어 "사뿐사뿐" 또는 "하느작하느작" "꽃의 심장"(「꽃의 심장에 도달하려면」)에 닿고자 한다. "선택의 여지 없는 오늘의 메뉴, 반계탕" 같은 자신의 "사라진 반의 행방"(「반쪽짜리 자화상」)을 쫓는다. 마치 보조국사 지눌知訥 스님이 "땅에서 넘어진 자는 땅을 짚고 일어선다(人因地而倒者 因地而起)"고 말했던 것처럼, 자신이 서 있는 삶과 세계의 진창에서 전력투구해 답을 찾고 온몸으로 시적 승부를 거는 결기를 보인다.

그래서일까. "개명"한 "친구"의 "이름"을 적어도 "오만 번" 쯤 "불러"줘야 "비로소/ 제" "몸"의 "일부"(「환희」)가 될 수 있을까, 하는 박설희 시인의 물음은 매우 의미심장하다. 한낱 우정의 표시로 이미 주어진 친구 이름의 철자(綴字, spelling)를 반복적으로 호명하는 것이 아니라 자신의 운명을 변화시키고 새로운 시의 영역을 개척하려는 의지가 담긴 주문(呪文, spell)이기 때문이다. 얼마 전의 내란 사태가 보여주듯이 '불의'가 행여 '정의'의 탈을 쓴 시대 속에서 그야말로 잘못된 세상의 '이름'을 바로잡고 명분을 분명히 하고자 하는 '정명正名'의 정신이 박 시인의 시세계를 뒷받침하고 있다고 할 수 있다.

박설희 시인은 이처럼 모든 시인들이 도달하고자 하는 궁극적인 지향점이라고 할 수 있는, 그렇다고 해도 쉽게 얻어질 리 만무한, 명실상부한 말과 실재 또는 이름과 자신의 본성과의 일치를 꿈꾸는 시의 길을 염탐하고 있다. 시인은 결코 만만치 않을 앞으로의 시적 장도를 예고해 "너른 들판에서 혼자 비와 우박을 온몸으로 맞"(「들판에서」)고 있는 채. 아니면 아마도 영원히 해결할 방도 없는 진창의 진실에 닿기 위해 "괄호를 열"었지만, "끝내" 그 "괄호를 닫지"(「끝내 괄호를 닫지 못하고」) 못한 채. "돌"과 "칼"을 "삼키"어야 할지도 모르지만 "그 시간"들을 넉넉히 "다 견뎌"내고 말, "정말 무서운 사람"(「무서운 사람」) 박설희 시인에게 큰 박수와 응원을 보낸다.